KB067477

깊은 일
坤에게

깊은 일

안현미 신작 시집

K
POET
아시아

차례

깊은 일

깊은 일

그날 이후 누군가는 남은 전 생애로 그 바다를 견디고 있다

그것은 깊은 일

오늘의 마지막 커피를 마시는 밤

아무래도 이번 생은 무책임해야겠다

오래 방치해두다 어느 날 더 이상 존재하지 않는 어떤 마음처럼

오래 끌려다니다 어느 날 더 이상 쓸모없어진 어떤 미

움처럼

　아무래도 이번 생은 나부터 죽고 봐야겠다

　그러고도 남는 시간은 삶을 살아야겠다

　아무래도 이번 생은 혼자 밥 먹는, 혼자 우는, 혼자 죽는 사람으로 살다가 죽어야겠다

　찬성할 수도 반대할 수도 있지만 침묵해서는 안 되는

　그것은 깊은 일

세월호못봇

끝내기 위해서는 시작해야만 한다고 쓴다 끝날 줄 알면서도 시작했다고 쓴다 그리하여 개조해야 할 특별 대책과 특급 망언들만 부표처럼 떠 있는 맹골바다 속으로 세월호는 침몰해야만 했다고 쓴다 100일이 넘도록 오직 진실을 알고 싶다며 눈물의 입구에서 절망의 입구까지 애통하게 견뎌온 엄마들이 있다고 쓴다 이제 그만 유사 대책과 유사 눈물에 최선을 그만두자고 쓴다 최악을 그만두라고 쓴다 그게 뭐든 누구든 희망 고문은 그만 닥치라고 쓴다 진보도 보수도 멀었다고 쓴다 제발 그리운 이름 옆에서 살고 싶다고 쓴다 죽고 싶다고 쓴다 **내 새끼가 너무 보고 싶다**는 말이 못이 되어 박혔다고 쓴다 돈이 되는 건 다 판다더니 정말 다 팔았다고 쓴다 지옥까지 팔았다고 쓴다 그게 뭐든 누구든 내 새끼가 보고

싶다는 말에 못 박혀야 한다고 쓴다 죽어도 죽어도 죽을
수는 없다고 쓴다 죽어도 죽어도 다시 죽을 때까지 시작
해야만 한다고 쓴다

#YoSoy132

그 입 **가만히 있으라** #YoSoy132 나는 132번째 얼굴이다 전원 다 구조했다더니 한 명도 구하지 못한 그 입 **가만히 있으라** 내 새끼가 너무 보고 싶다는 한 어머니의 비수처럼 박히는 말을 그 피 흘리는 말을 쏟아붓기도 아까운 그 입 **가만히 있으라** 우리 아이들에게 가만히 있으라고 한 그 입 우리 아이들의 빼앗긴 봄을 살려낼 수 없는 그 입이야말로 **가만히 있으라** #우리가305번째세월호다 그만하자고? 무엇을 위해? 다시 또 침몰하기 위해? 무능을 유지하기 위해? 그 입 **가만히 있으라** 맹목의 그 입이야말로 **가만히 있으라** 그 몰염치에 비수를 꽂기 전에 그 입 **가만히 있으라** 다시 살아 돌아올 수 없는 내 새끼가 아닌 개새끼들은 그 입 **가만히 있으라**

수학여행 가는 나무*

 나무는 쓴다 우리 모두가 연루되어 있다고 겨울에도 봄에도 여름에도 가을에도 수요일에도 수요일에도 수요일에도 떠나지 못할 거라고 쓴다 결국 떠날 수 있는 건 없다고 쓴다 다만 울음이 바닥났을 뿐이라고

 나무는 운다 굴뚝 위에 독재 위에 철탑 위에 올라간 사람들과 살아남은 자의 슬픔을 위해 나무는 운다 우리는 모두 까닭이고 바보라고

 나무는 간다 어둠을 뚫고 바위를 타고 계급을 넘어 나무는 간다 울음을 찾아 울음의 핵심을 향해 울음의 연대를 위해 나무는 간다 사월의 사월의 바다로

나무는 난다 세계는 늘 위독하지만 수학여행 다녀올
게요 기억하겠습니다 기록하겠습니다 살고 싶어요 엄
마 사랑해요 특별해서 사랑한 것이 아니라 사랑해서 특
별해진 그 사랑을 기억하며 기록하며 나무는 난다 나무
는 날아오를 것이다

* 이영광 시인의 「수학여행 다녀올게요—유령6」(『끝없는 사람』, 문학과 지성사)
　을 읽고 쓰다

주문

비가 와서 다행이야 음악이 있어서 다행이야
두 개의 불행과 한 개의 다행이 있어서 다행이야

봄이 와서 다행이야 광장이 있어서 다행이야
여러 개의 의문문과 한 개의 결정문이 있어서 다행이야

전국비둘기연합 얼룩말연구회 민주묘총 미국너구리연
합한국지부 범야옹연대 전국집순이집들이연합 혼자온사
람들 국경없는어항회 무한상사노동조합 장수풍뎅이연구
회……

발이 손이 되도록 취했다
벽이 문이 되도록 취했다

이게 다 나 때문인가?

개전의 정이 없는

술에 취해 이런 시나 쓰고 앉아 있는 주정뱅이

그것은 꿈이 아니었다

그해 겨울 누군가는 내게 물음표를 지불하고 누군가
는 느낌표를 지불하는 꿈을 꾸었다 개꿈도 돼지꿈도 아
니고 문장부호 꿈이라니 탄핵이라니 이게 다 꿈인가?

문, 그런데 우리는 광장에 갔듯 혁명 곁으로 가고 있
습니까?

생각보다 흰

초록색 마을버스가 지나갔고 꽃무늬 원피스를 입은 여자가 있었고 미래가 도착했지만 생각은 생각만큼 진흥되지 않았고 유정도 무정도 인간의 일이어서 다시 토요일이 돌아오면 우리는 광장으로 갔다 그러는 사이 재벌도 고위 공무원도 감옥에 갔다 사랑을, 인간을 잃어야 한다면 나는 나를 중단할 수도 있을 것만 같았다 그러는 사이 가난한 우리가 아름다운 우리로 확장되었고 마침내 그것이 인용되었고 박진감 넘치는 불꽃 축제가 광장의 어두운 밤하늘을 꽃무늬로 물들였다 유정도 무정도 인간의 일이어서 생활은 생각만큼 진흥되지 않았지만 생각보다 흰, 급진적 목련이 오고 있었다

생활문화진흥
- 우리가 뭘 원하는지 우리가 뭘 그만둘 수 있는지

*

겨울비 소리가 밤새 온몸에 꽂혔다

고슴도치가 되었다

*

꽃무늬 원피스는 꽃이 아니고

줄무늬 원피스는 줄이 아니다

*

햇볕이 따뜻하다

나가서 나무처럼 서 있고 싶다

*

무늬에 대해서라면 침묵할 수 있다

주사 자국에 대해서라면 생각만큼 쉽지 않다

*

블랙이나 화이트가 아니라

리스트가 문제다

*

햇볕이 따뜻하다

급진적 목련이 오고 있다

마래 터널

나는 솔의 그림자로 마차의 그림자를 청소하는 마부
의 그림자를 보았다

- 도스토옙스키 『카라마조프가의 형제들』 중에서

우리는 어떤 터널을 지나가고 있는가 그 터널을 뚫은
건 식민지 시대의 사람들이라고 했다 언젠가 너는 타임
머신을 탈 수 있다면 어느 시대로 가고 싶은지 물었다
나는 아무 곳도 가고 싶은 곳이 없었으나 기대에 찬 너
를 실망시키고 싶지 않아 도스토옙스키가 카라마조프
가의 형제들을 쓰고 있는 시대로 가고 싶다고 했다 그런
데 그게 몇 세기인지는 모르겠다고 말했다 부언하자면
나는 내가 자꾸 누군가 끌고 다닌 그림자이거나 나머지

이거나 그 모든 것의 얼룩이거나 흔적 같았다 식민지 시대의 사람이 된다는 건 어떤 느낌일까? 언젠가 너는 타임머신을 탈 수 있다면 어느 시대로 가고 싶은지 물었다 나는 정과 망치로 절망의 터널을 뚫는 사람들이 있는 시대로 가고 싶다고 했다 말의 그림자로 터널의 그림자를 뚫는 마래의 그림자를 보러 가자고 했다

안녕, 노랑

　선생은 견디는 자도 있어야 하므로 그대는 견디시게, 라고 말씀하셨다 부디 견뎌 달라 하셨다 제발 살아남아 달라 하셨다 살아남아 오래오래 기록해 달라 하셨다 제가 가능하겠습니까 여쭸으나 그건 시와 반시적인 고독의 문제이지 정규와 비정규, 보수와 진보, 부와 권력의 세속적인 문제는 아니라 일갈하셨다 희한하게도 나는 조금 더 견딜 수 있을 것만 같아졌다

　안녕, 미안

　시간을 기르는 시간은 모든 것을 기록하고 있다

장미공동체

벼락 맞은 팽나무 곁을 떠나 다시 제자리로 돌아왔다
우리가 심은 장미가 피고 있었다

어제의 친구는 오늘의 친구인지 불분명하고
오늘의 우리는 내일의 우리라고 장담할 수 없었다

어제도 오늘도 내일도 미안
자꾸 미안해서 미안했다

카프카는「변신」에 이렇게 적었다
'그것은 꿈이 아니었다'

손이 발이 되도록 취했다

발이 밤이 되도록 취했다

그것은 정말 꿈이 아니었다

응급실에 간 적이 있다
생각해보면 종종 응급실에 갈 만큼 아팠고
아프다가 나았고 나으면 또 살 만해져서
열심히 살았다

나 살고 너 살자는 마음은 있었어도
너 죽고 나 죽자는 마음은 먹은 적 없다

벼락 맞은 팽나무 곁을 떠나 다시 제자리로 돌아왔다

사랑의 계단

사랑은 짐승에서 왔을 것이다

욕망에 머무르면 짐승이고

마음에 도착하면 사랑이고

오르지 못할 계단을 올려다보며 울부짖는

오후 4시

짐승도 사랑도 못 된

많은 것이 그러했듯

무능력의 능력

그녀는 가방에서 월요일을 꺼냈다 사업목적계약직 3
년 무기계약직 5년 정규직 2년 꼬박 10년을 발등을 밟
히며 얼굴이 뭉개지며 신들린 무녀처럼 정신없이 작두
를 타듯 전철을 타던 그녀는 생강꽃이 피면 해마다 사
표를 쓰고 찢기를 반복하고 번복하던 그녀는 마음을 일
곱 개로 얼려 냉동실에 보관하고 정신없이 출근하던 그
녀는 지나온 생과 다가올 생 사이에서 자주자주 길을 잃
어버리곤 하던 그녀는 한 눈에는 고독을 한 눈에는 시를
담고 다니던 그녀는 이제 정규직의 세계에서 지워진 그
녀는 호르헤 루이스 보르헤스 박상륭 허수경을 친애하
는 그녀는 누군가 끌고 다닌 그림자의 그림자만큼도 주
장해본 적이 없는 그녀는 발등은 믿는 도끼가 찍고 생강
꽃은 희망 없이도 해마다 핀다는 걸 알아버린 그녀는 더

가난하고 더 무능력해지더라도 일곱 개로 얼린 마음을

해동시키기로 결심한 그녀는

희생양

모처럼의 일요일

어떤 시간들은 구름 같고

이번 슬픔은 알레르기를 일으켰다

"꼭꼭 씹어 먹어. 그게 뭐든."

창문을 닫고 눈은 뜬다

죽음이 된다는 건 어떤 느낌일까

모처럼의 일요일

어떤 양들은 구름 같고

누구나 가진 지문처럼

누구나 묻는 질문으로

눈물을 닦고 눈은 뜬다

죽음이 된다는 건 어떤 느낌일까

"꼭꼭 씹어 먹어. 그게 뭐든."

독거

    일요일은 동굴처럼 깊다 압력밥솥에서 압력이 빠지는 소리를 베토벤 5번 교향곡 운명만큼 좋아한다 그 소리는 흩어진 식구들을 부르는 음악 같다 일요일은 음악 같다 십자가는 날개 같다 천사의 날개 고난 버전 같은 십자가 아래 누군가 깨지지도 않은 거울을 내다 버렸다 교회에 가듯 그 거울 속에 가서 한참을 회개하다 돌아왔다 의문에 휩싸였다 풀려난 사람처럼 일요일은 아파도 좋았다 크게 잘 살지도 못했지만 크게 잘못 살지도 않을 것이다 비록 지갑엔 천원밖에 없고 깊이 사랑하는 사람에게 삭제당했지만 자꾸자꾸 회개하고 싶은 일요일 압력 빠진 압력밥솥처럼 푸근한 일요일 세상천지 어디 한 곳 압력을 행사할 데가 없는 이 삶이 고맙다고 기도하는 일요일 거꾸로 읽어도 일요일은 일요일 그래서 자꾸 거꾸로

읽고 싶은 일요일 무료도 유료도 아닌 일요일 사랑할 수
는 있었지만 사랑을 초과할 수는 없었던 인생을 헌금 바
구니처럼 들고 있던 우리의

변신
- 서발턴

막장에서 돌아오지 않는 아버지를 부르며 목청껏 울던 시간 양은 도시락이 연탄난로 위에서 뜨거워지던 시간 약국 골목을 순례하며 수면제를 모으러 다니던 시간

우린 다른 시간에서 왔다

모깃소리만큼 작은 차원 나 살고 너 살자는 마음은 먹었어도 너 죽이고 나 살겠다는 마음은 먹은 적 없는 차원 가난이 겨울이 차별이 평등하게 넘쳐나던 차원

우린 다른 차원에서 왔다

산 것도 죽은 것도 아닌 산낙지 술안주처럼 개, 돼지,

여자, 난민… 누군가에겐 짐승만도 못한 태어났는데 죽은 듯이 살아야 하는 산낙지 술안주 같은 나의 다정한 계급들

우린 다른 계급에서 왔다

곰이 우리를 데려다 주리라
곰이 우리를 데려다 주리라*

* 마지막 연은 이란의 시인 포루그 파로흐자드의 「바람이 우리를 데려다 주리라」를 변용함

태백

곰곰을 쓴 이후 곰이 특별해져버렸다.

특별해서 사랑한 게 아니라 사랑해서 특별해진

사람처럼.

막장의 어둠

아름답지만 부정한 연인들

누군가에겐 짐승만도 못했던

사랑의 북쪽

어머니가 연탄불을 갈고 있다

피가 돈다, 뜨거운

먼 길을 가야 한다

먼 길을 가야 한다

곰에서 여자까지

서푼짜리 오페라를 위한 시놉시스

그 식당 후추통 옆에는 색연필이 있다 고동색 색연필
의 실밥을 당기고 있는 여자의 무표정을 생각하면 슬프
기가 짝이 없다 여자로 한다 젊은 여자로 한다 그러나
단 한 번도 등장하지 않는 젊은 여자로 한다 꿈의 파편
으로 퍼즐을 만든다 그것은 늘 잃어버릴 운명의 한 조각
의 문제이다 사느냐 죽느냐가 아니라 죽느냐 개 같이 죽
느냐의 문제이다 천사의 날개는 십자가의 변형 같기도
하다 완벽에 가까워지기 위해 매일매일 실패하는 운명
무엇이 우리인가? 언제가 우리인가? 값싼 술에 취해 인
생을 탕진해야 하는 여자의 운명이 오후 세 시를 알리는
뻐꾸기시계의 뻐꾸기처럼 3번 등장하고 3번 퇴장한다
그 식당 후추통 옆에는 색연필이 있다 고동색 색연필의
실밥을 당기며 무능력하게 앉아 있는 여자로 한다 그러

나 단 한 번도 퇴장하지 않는 늙은 여자로 한다

　우리 모두는 고동색 악몽에 연루되어 있는지도 모른
다

취객

    사할린에서 돌아온 사람과 자작나무처럼 앉아서 술을 마시는 겨울밤 사내는 아까부터 어떤 시간에 대해 이야기하고 있었다 더 이상 커지지도 작아지지도 않는 흐르지도 멈추지도 않는 이상한 시간에 관한 이야기 그런 건 사랑이 아니라는 이야기 미래라는 게 도대체 없는 이야기 공터에 버려진 목화솜처럼 더럽고 뿌연 이야기 그래서 자꾸 불투명해지는 이야기 그래서 자꾸 저주에서 풀려날 주문을 상습적으로 분실하는 취객 같은 이야기 아니 취객이 되고 마는 이야기를 타원 위에서 혹은 타인 안에서 누구나 견딜 수 없는 것을 견디고 있다고 자살의 뉘앙스를 품은 과속이나 불법주차 정도의 죄밖에는 못 짓는 사기꾼이 될까 봐 취객이 되기로 결심한 어떤 사내를 누군가 깨졌다고 천사의 날개 고난 버전 같은 십자가 아래 내다 버리는

안녕, 곰

    시간을 오려 붙이고 있는 곰을 본 적이 있는가? 분명한 것은 그는 평생 자신의 동면을 단 한 번도 운명으로 받아들일 생각이 없었다는 것인데 고아는 아니었지만 고아 같았던, 원했든 원치 않았든 운명처럼 주어진 그 저주를 깨고 지금 마흔아홉 개의 겨울을 오리고 있는 그의 가위 위에서 반짝, 빛나는 저 봄 햇살이야말로 저주 중의 저주라는 것을 아는 자만이 이 세계의 신이 될 수 있다고 굳게 믿었던 곰이 있었다 넌 미친 게 분명해! 항상 미래와 여자가 문제라니깐. 난 미래도 여장남자도 아닙니다 잠깐! 오늘 밤 너를 빌려줄 수 있겠니? 아무도 죽음을 빌려줄 순 없답니다 정녕 다른 방법은 없나요? 일에 집중하길 바라 봄날의 술자리에 우리는 참 잘 어울렸는데 퉤퉤퉤 저주를 오려 붙이고 있는 곰을 본 적이 있는가? 분명한 것은 밤이, 밤이 오고 있다

둥근 밤

새벽의 국도를 달리는 걸 좋아해

보는 사람 없어도 켜져 있는 가로등들과

어둡고 조용한 가로수들 그리고

다시는 되돌아올 수 없는 시간들

어디에도 도착하지 않아도 좋은

어디에도 없는 사랑을 향해

달리는 암흑 속 어딘가

바다가 있다고 믿으며

새벽의 국도를 달리는

4월의 바다와 뜻밖의 안녕이

몸을 섞는

삶도 죽음도

둥근 밤

전신거울

매일 밤 카메라를 들고 꿈에 나타나는 그 남자는 누구인가

매일 밤 그 남자에게 월요일을 건네는 그 여자는 누구인가

그것은 알레고리가 되지 못한 알레고리였다

쇄빙선을 타고 북극까지 가는 남자도 있고

가을을 타고 아홉 시까지 출근하는 여자도 있다

받아들여야 바다가 된다?

말이 되는 얘기를 해야지

가을 한 마리
가을 두 마리
가을 세 마리

고백합니다 나는 죽은 사람입니다
죽었는데 자꾸 출근하는 사람입니다
고백합니다 나는 출근하는 사람입니다
출근하는데 자꾸 죽는 사람입니다

말이 되는 얘기를 해야지

그녀는 전신거울에서 월요일을 꺼낸다

그것은 알레고리가 되지 못한 알레고리였다

갱년기

국숫집에 와보니 알겠다

호르몬이 울고

호르몬이 그리워하고

호르몬이 미워하고

다 호르몬이 시키는 일이라는 걸

매일매일 죽지도 않고 찾아와

죽고 싶다고 말하는

나는 누구인가?

국수 가락처럼 긴

사생과 결단의 끈

당신,

내가 살자고 하면 죽어버릴 것 같은

내가 죽자고 하면 살아버릴 것 같은

국숫집에 와보니 알겠다

크게 잘못 살고 있었다는 걸

크게 춥게 살고 있었다는 걸

그래서 따뜻한 국수가 고팠다는 걸

기향 국수

대륙에서 돌아온 남자가 국수를 삶는다

국수 그릇은 두 개
국수 그릇은 두 개

사랑은 기어이는 사랑을 못내 지나가야 할 터인데
한 여자를 오랫동안 등지지 못해
여백이 아주 많이 남아 있는 등을 돌리고
대륙에서 돌아온 기향씨가 국수를 삶는다

후루룩 후루룩
후루룩 후루룩

사랑은 기어이는 사랑을 뜨겁게 넘겨야 할 터인데

한 남자를 오랫동안 등지지 못해

어쩔 수 없이 나도 그냥 그대로 놓아둔 적 있다

어떤 미련과 어떤 불안과 어떤 난처를

오늘 밤 펄펄 눈은 나리고

어쩔 수 없이 국수를 삶는 등이 있다

어쩔 수 없이 서러운 밤이 있다

꿩

1
어느 가을날 아침

꿩 한 마리 날아왔다

털빛 고아한 장끼 한 마리가

신기루처럼

신기루처럼

2
어느 가을날 아침

꿩 한 마리 날아갔다

단풍나무를 흔들던 바람을 타고

일생처럼

일생처럼

3
(눈 깜짝할 사이나 지났을까?)

꿩이, 꿩이 있었다

많은 것이 그러했듯

구름 있음

북쪽 물고기의 이름은

곤이다

물고기의 다음은 새다

새의 이름은 붕이다

효진산업의 스마트 3D 안경을 쓰고

들여다보는 계절은 다국적이고

젖꼭지가 스물여덟 개인 돼지처럼

끝없이 먹고 먹이고 먹히는

월, 화, 수, 목, 금, 금, 금

필시 유일무이할 죽음 죽음

북쪽 구름의 이름은

멸이다

시인노트

"너도 할 수 있어!"

그 한마디 때문에 이 모든 것이 시작되었습니다.

그러니깐 그건 어떤 슬픔 앞에서도 어떤 절망 앞에서도 굴하지 말아야 하는 이유가 되어 주었습니다. 누구나 해줄 수 있는 평범하지만 잊히지 않는, 잊을 수 없는 그 한마디 말 때문에 나는 월트 휘트먼처럼 나 자신을 축하하고 나 자신을 노래하는 시인이 될 수 있었습니다.

"가만히 있으라."

그날 이후, 누군가는 남은 전 생애로 그 바다를 견디

고 있습니다. 오늘 우리는 겨우, 살아 있습니다. 어쩌면 저주가 가장 쉬운 용서인지도 모르겠습니다. 그렇습니다. 아무래도 이번 생은 그 바다를 슬퍼하고 그 바다를 노래하는 시인으로 살다가 죽어야겠습니다.

　당신은 말합니다. 사랑할 수는 있었지만 사랑을 초과할 수는 없었다고. 깊고 검은 바다를 바라보며 내 새끼가 너무 보고 싶다고 울부짖는 당신, 할 수만 있었다면 대신 죽고 싶었을 당신, 당신은 말합니다. 십자가는 천사의 날개 고난 버전 같다고. 무섭게 쓸쓸하고 한없이 고독한 봄입니다.

　그렇습니다. 사랑을, 인간을, 잃어야 한다면, 우리는

인간을 중단해야 맞다고 생각하는 밤입니다.

"기록하겠습니다."

어떤 슬픔은 새벽에 출항하고 어떤 아픔은 영원히 돌아오지 못하고 있습니다. 그날 이후 우리들은 그 바다에 못 박혔습니다. 당신은 말합니다. 그 바다에 못 박힌 천사 같은 내 새끼가 너무 보고 싶다고. 잊지 않겠습니다. 잊힌대도 잊지 않겠습니다. 기억하고 기록하겠습니다. 그렇습니다. 우리는 할 수 있습니다. 아무래도 이번 생은 그 바다를 슬퍼하고 그 바다를 노래하는 시인으로 죽다가 죽어야겠습니다.

2020년 흰 쥐의 해
안현미

시인
에세이

활과 리라

1. 삼행시

안에 풍경을 끄집어낼 거야, 하는 순간에 날라버린 픽셀. 불립영상. 현자의 돌로 붙들어맬 테야. 나아간 곳마다 말라버린 의식. 불립공간. 미모사의 신경을 닮았나, 의심할 때마다 발기하는 뉴런. 불립시간. 부팅 실패. 숨은 의미 혹은 숨은 이름 찾기.

2. 絃

현 없이도 우는 악기들. 이를테면 강물 속에 둥근 돌멩이, 여름 바람 앞에 미루나무, 사랑 옆에 서 있는 여자, 야생 두릅을 삶아서 먹는 저녁 밥상, 미지의 곳을 헤매다 돌아오는 여행 가방, 천 개의 강 위에 떠 있는 상현달, 시원으로 헤엄쳐 가는 물고기의 꼬리, 겨울을 가로질러 방금 막 도착하는 봄, 크레파스로 그린 시간 자유 이용권, 질투로 빛나는 물항아리, 개심사 배롱나무 동쪽 가지를 꺾어 후다닥 도망가는 꼬부랑 할머니, 질문하는 구름들, 나무다리를 건너는 은빛 자전거, 언어의 내륙을 질주하는 고삐 풀린 말…….

현 없이도 울음을 데리고 아름다움에 참여하고 있는 그것들. 내 몸은 항상 그 아름다움을 훔치고 싶어 했다. 아니다. 내 몸은 항상 그 아름다움에 참여하고 싶어 했다. 그 참여에의 욕망은 단단한 일상에 묻힌 내 몸을 빠져나와 내 영혼을 데리고 강물 속으로 여름 바람 앞으로 사랑 옆으로 저녁 밥상 위로 미지의 곳으로 천 개의 강으로 시원으로 봄으로 불현듯 나를 고삐 풀린 말처럼 질주하게 한다. 그런 날에 나는 돌멩이고 미루나무고 여자이고 저녁 밥상이며 여행 가방이고 상현달이며 물고기이고 봄이고 밤이고 질문하는 구름이고 물항아리이고 개심사 배롱나무의 동쪽이다.

3. 나의 리라들

같은 현을 나눠 가진 활과 리라. 같은 현을 나눠 가졌음에도 불구하고 활은 무기가 되고 리라는 음악이 된다. 나는 그러한 매혹에 사로잡힌 미끼. 미증유의 시간과 함께 날아오는 활과 리라를 향해 기꺼이 표적이 된 표적. 불행과 행복, 사랑과 증오, 밤과 낮, 여름과 겨울, 생과 사, 웃음과 울음, 지옥과 천국, 중력과 무중력, 들숨과 날숨, 안과 밖, 봄과 가을, 음악과 미술, 산과 바다, 보름과 그믐, 소녀와 할머니, 의미와 무의미, 기차와 비행기, 침묵과 고독, 바쇼와 개구리…… 18세기 타이에서 태어난 샴쌍둥이 같은.

같은 현을 나눠 가진 활과 리라처럼 '나'를 절반씩 나눠 가진 진실 혹은 거짓. 낮에는 돈 벌고 밤에는 시 쓴다. 아니다. 낮에는 나비이고 밤에는 나비가 꿈꾸는 장자다. 아니다. 낮에는 장자이고 밤에는 장자가 꿈꾸는 나비다. 호접몽. 이성복, 보르헤스, 허수경, 키냐르, 백석, 세풀베다, 옥타비오 파스, 열화당 미술 문고, 시공사 디스커버리 시리즈, 『희랍인 조르바』『체 게바라 평전』, 그림책『아낌없이 주는 나무』……. 나의 아름다운 리라들. 상사몽. 동시대 살아 숨 쉬는 젊은 시인들에 관한 꿈은 미지의 당신을 위해 남겨두는 백일몽.

4. 美가 내게로 왔다

'Ann도 오고 비도 온 날' 이란 긴 이름을 달아 준 그해 여름. 화병처럼 아름답고 환타처럼 달큼하던 여름. 생활은 탐구하고 싶은 비의들로 가득 차고, 모든 봉인은 스스로 봉인을 해제하고, 빨강은 더욱 빨갛게, 파랑은 더욱더 파랗게 깊어 갔으며, 두꺼운 가면은 바닐라 아이스크림처럼 녹아내렸지. 세계가 모두 일제히 그 여름에 참여하고 있었어. 설명하고 싶었지만 설명할 수 없는 여름이었지. 당신 때문이었을까? 시 때문이었을까? 황홀하면서 불안하면서 기절할 것 같다가 날아갈 것 같다가 울면서 웃고 뚜렷하다가 돌연 막막해지는 것. 그것들이 무차별적으로 동시에 밀어닥치는 것. 설명하고 싶지만 설명할 수 없는 아름다움. 그러나 Ann도 가고 비도 그치

자 거품 속에서 태어난 아름다운 여자처럼 다시 거품으로 돌아간 여름. 그럼에도불구하고 설명하고 싶었지만 설명할 수 없었던 그것은 여전히 내 안에 남아 있었지. 美와 未來. 뚱딴지같지만 불현듯 그게 시라는 생각이 들었어. 설명할 수 없음에도 불구하고 그 설명할 수 없는 아름다움을 기억하는 거. 여름은 봉인되었지만 봉인된 여름은 시가 되었지.

5. 해어화(解語花)

말을 알아듣는 꽃. 양귀비. 말을 알아듣는 말. 반인반마. 이상하고 아름다운 메타포.

나는 두 개의 불투명한 어항을 가지고 있다. 몸과 영혼. 그 두 개의 불투명한 어항은 말을 알아듣는 꽃과 말을 알아듣는 말이 한없이 투명하기를 꿈꾼다. 책상은 책상이고 여름은 여름이다다다다다. 언어의 내륙을 질주하는 고삐 풀린 말. 박차를 가하는 말. 불가능을 불가능하게 만드는 말. 나는 그것을 훔치고 싶었다. 아니다.

나는 그 이상하고 아름다운 말에 올라타 활을 쏘고 리라를 커며 불편을 건너고 싶었다. 홀로 부사처럼 쓸쓸할지라도. 절반은 인간적이고 절반은 비인간적 운명을 사랑하고 싶었다. 그 사랑의 활이 시고 그 사랑의 리라가 시다. 그러나 백 번의 절망 뒤에야 한 번 필까 말까 한 꽃. 인간도 아니고 말도 아닌 비극적 운명의 반인반마. 21세기 신자유주의 시대엔 부적격 모델. 그럼에도 불구하고 그것은 나를 슬프게 할 수 없다. 낮에는 돈 벌고 밤에는 시 쓴다. 틈만 나면 쓴다. 틈을 만들어 쓴다. 쓰는 것 이외 비법은 없다. 그저, 겨우, 쓴다.

  안에 풍경을 끄집어낼 거야, 하는 순간에 날라버린 픽셀. 불립영상. 현자의 돌로 붙들어 맬 테야. 나아간 곳마다 말라버린 의식. 불립공간. 미모사의 신경을 닮았나, 의심할 때마다 발기하는 뉴런. 불립시간. 재부팅. 안, 현미 혹은 활과 리라.

해설

POET

우연성 아이러니
연대성에 대한 또 다른 그림자

장예원 (문학평론가)

1. 남은 전 생애로 그 바다를 견디고 있는 이들을 위해
   새로운 어휘 만들기

시집 『깊은 일』의 서두 몇 편의 시에서 안현미는 세월호의 슬픔을 다루고 있다. 특히, 시 「깊은 일」과 「세월호 못봇」을 통해서는 스스로 아이러니스트를 자처하고 있다. 아이러니스트가 함께-있음을 실감하는 것은 공통의 언어가 아니라 〈바로〉 고통에 대한 감수성, 특히 짐승들이 인간과 공유하지 못하는 특별한 종류의 고통, 즉 굴욕에 대한 감수성이라고 생각한다.* 로티에 의하면 인류의

* 리처드 로티, 『우연성 아이러니 연대성』, 민음사, 1996, P.178

연대성은 공통의 진리나 공통의 목표를 공유하는 문제가 아니라 공통된 사적인 희망, 자신의 세계-사람들이 그것을 둘러싸고 자신의 마지막 어휘를 직조한 자그마한 것들-가 파괴되지 않을 거라는 희망을 공유하는 문제이다.

세월호 사태에 대해 정부 대책으로 내세워진 것들 다시 말해, 상식이라는 허울을 쓰고 공통의 언어로 작성된 "특별 대책과 특급 망언"들은 세월호 희생자들과 남겨진 가족들을 더 굴욕적으로 만드는 언어들이다. 하나마나 한 말들로 위장된 "유사 대책과 유사 눈물"인 것이다. 이 언어들은 생에 의해 더럽혀질 기회조차도 얻지 못하고 수몰되어버린 세월호 학생들에 대한 눅진한 애도는 고사하고 자식을 잃은 슬픔과 고통에 빠진 사람들의 형언할 수 없는 절망을 시시하고, 진부하며, 무기력하게 만들어버림으로써 굴욕을 준다. 그 굴욕은 자식을 잃은 슬픔 이상으로 더 배가되어 남겨진 가족들에게 오래 지속되는 고통이다.

슬픔과 굴욕이 뒤범벅된 고통은 차마 언어화되기 힘들다. 본래 고통은 비언어적이기 때문이다. 그러므로 희생자들, 즉 고통을 겪고 있는 사람들은 언어를 통해서

할 일이 많지 않다. 희생자들이 한때 사용했던 일상적이고 상식적인 언어는 그들에게 더 이상 작동하지 않으며, 의미를 가질 수 없다. 그들은 기존의 언어로 표현할 수 없는 그 낯선 고통을 언어와 결합시킬 수 없을 만큼 너무나 많은 수난과 굴욕을 겪고 있다. 그래서 그들의 상황을 언어로 표현하는 일은 그들을 위하는 다른 사람에 의해 행해져야 할 몫이다. 안현미 시인은 시인으로서 그 몫을 하고자 하는 것이다.

　　끝내기 위해서는 시작해야만 한다고 쓴다 끝날 줄 알면서도 시작했다고 쓴다 그리하여 개조해야 할 특별 대책과 특급 망언들만 부표처럼 떠 있는 맹골바다 속으로 세월호는 침몰해야만 했다고 쓴다 100일이 넘도록 오직 진실을 알고 싶다며 눈물이 입구에서 절망의 입구까지 애통하게 견뎌온 엄마들이 있다고 쓴다 이제 그만 유사 대책과 유사 눈물에 최선을 그만두자고 쓴다 최악을 그만 두라고 쓴다 그게 뭐든 누구든 희망 고문은 그만 닥치라고 쓴다 진보도 보수도 멀었다고 쓴다 제발 그리운 이름 옆에서 살고 싶다고 쓴다 죽고 싶

다고 쓴다 내 새끼가 너무 보고 싶다는 말이 못이 되어
박혔다고 쓴다 돈이 되는 건 다 판다더니 정말 다 팔았
다고 쓴다 지옥까지 팔았다고 쓴다 그게 뭐든 누구든
내 새끼가 보고 싶다는 말에 못 박혀야 한다고 쓴다 죽
어도 죽어도 죽을 수는 없다고 쓴다 죽어도 죽어도 다
시 죽을 때까지 시작해야만 한다고 쓴다

-「세월호못봇」 전문

아이러니는 상식의 반대말이다. 상식이 고통에 빠진
사람들에게 굴욕을 주는 상황 속에서는 아이러니로 대
응하여 희생자들에게 진정한 위로를 줄 수 있는 "고정
된 자리가 없는 문장을 발언"해야만 한다. 그래서 안
현미는 "끝내기 위해서는 시작해야만 한다고 쓴다 끝
날 줄 알면서도 시작했다고 쓴다"라는 문장과 "아무래
도 이번 생은 나부터 죽고 봐야겠다/그리고도 남는 시
간을 삶을 살아야겠다"(「깊은 일」)라는 문장으로 아이러
니를 창출하며 세월호 희생자들에게 인간에 대한 예의
와 위로를 표한다. 그리고 "누구든 내 새끼가 보고 싶다
는 말에 못 박혀야 한다"(「깊은 일」)라는 문상과 "울음의

연대"(『수학여행 가는 나무』)라는 어구로 고통과 굴욕에 대한 공통된 감수성의 인식을 확장함으로써 "특별 대책과 특급 망언"을 개조하는 진정한 사회적 유대와 연대를 만들어낸다. 그녀는 연대성은 이미 기다리고 있는 것을 발견하는 일이 아니라 우리가 듣게 되면 우리 모두가 깨닫는 원초 언어의 형태로 된 자그마한 조각들로 구성되어야만* 한다는 아이러니스트로서의 시적인 원칙을 지키고자 한다. 그리고 이러한 아이러니스트로서의 시적인 원칙은 비단 세월호 희생자들뿐만 아니라 "여자, 난민… 누군가에겐 짐승만도 못한 태어났는데 죽은 듯이 살아야 하는 산낙지 술안주 같은 나의 다정한 계급들"(『변신』)이라는 메타포로 드러나며 확장된다.

2. 문, 그런데 우리는 광장에 갔듯 혁명 곁으로 가고 있습니까?

사회적 관계와 사회적 제도라는 스펙트럼의 어휘들이 거의 며칠 만에 뒤바뀐 사례가 프랑스 혁명이다. 이

* 리처드 로티, 앞의 책, P.181

혁명은 유토피아 정치학이 이상으로서의 예외가 아니라 현실로서 실현될 수 있다는 것을 보여주었다. 유토피아 정치학은 신의 의지를 닮은 인간의 본성에 관한 물음들을 뒤로하고 새로운 형태의 사회 창조를 꿈꾼다.

2000년대 한국에서 사회적 관계와 제도의 어휘 전체가 단기간에 뒤바뀌는 거대한 '혁명'을 실현시키기는 어렵다. 안현미 시인도 이를 알고 있다. 그래서 그녀는 '혁명을 이룰 수 있습니까?'라고 묻지 않고 "혁명 곁으로 가고 있습니까?"(「주문」)라고 묻는다. 그리고 이러한 질문에는 혁명으로 가는 것보다 혁명 곁으로 가기 위한 과정과 절차가 중요할 수 있다는 사유의 변화 역시 담고 있다. 혁명이 불가능한 시대에서 혁명 곁으로 가는 길은 거대 시스템에 관련된 거친 변화보다는 오히려 현재 "우리가 뭘 원하는지 우리가 뭘 그만둘 수 있는지"를 자율적으로 결정하고 공유할 수 있는 "「생활문화진흥」"의 형태가 된다. 혁명 곁으로 가는, 혹은 광장으로 가는 일은 특별하고 거시적인 일이 아니라 "초록색 마을버스"나 "꽃무늬 원피스를 입은 여자"를 볼 수 있는 평범한 일상 속에 함께 있게 된다. 이는 이념이나 관념으로

서 투쟁을 위한 투쟁, 혁명을 위한 혁명이 아니라 생활 속 자율성의 질을 현재적으로 향상시키는 일이 되고 그것은 "「장미공동체」"나 "생각보다 흰 급진적 목련"이라는 시적 어휘로 혁명 곁에 다가갈 수 있다. "장미공동체"와 "급진적 목련"은 정치와 예술이 결합된 새로운 어휘이자 예술로서도 정치를 실현시킬 수 있다는 세계관이 된다. 이는 리처드 로티가 말한 '우리가 자유를 돌본다면 진리는 스스로를 도울 것이다'라는 명제를 실현하는 일이고 낡고 진부한 민주주의 개념을 새롭고 참신한 민주주의의 어휘로 전환시키는 창조적 행위가 된다.

초록색 마을 버스가 지나갔고 꽃무늬 원피스를 입은 여자가 있었고 미래가 도착했지만 생각은 생각만큼 진흥되지 않았고 유정도 무정도 인간의 일이어서 다시 토요일이 돌아오면 우리는 광장으로 갔다 그러는 사이 재벌도 고위 공무원도 감옥에 갔다 사랑을, 인간을 잃어야 한다면 나는 나를 중단할 수도 있을 것만 같았다 그러는 사이 가난한 우리가 아름다운 우리로 확장되었고 마침내 그것이 인용되었고 박진감 넘치는 불꽃축제

가 광장의 어두운 밤하늘을 꽃무늬로 물들였다 유정도
무정도 인간의 일이어서 생활은 생각만큼 진흥되지 않
았지만 생각보다 흰, 급진적 목련이 오고 있었다

-「생각보다 흰」 전문

「생각보다 흰」이라는 시에서 주체는 "미래가 도착했
지만 생각은 생각만큼 진흥되지 않"고 또한 "생활도 생
각만큼 진흥되지 않"는다는 사실을 자각하고 있다. 시
적 주체는 유토피아 정치학이 꿈꾸는 생각과 미래의 허
망함을 좇기보다는 일상 속에서 "사랑과 인간"을 잃지
않기 위해 토요일마다 축제를 즐기듯 "광장으로" 간다.
지금 여기, 일상의 공간에서 우리가 할 수 있고, 해야 할
것을 자율적인 방식으로 행하고 네트워크를 통해 공유
하면 "가난한 우리"는 "아름다운 우리"로 확장된다. 그
것이 곧 혁명 곁으로 가는 길의 구체적 과정이자 실체이
고 우리는 그것을 항상 현재적으로 경험할 수 있게 된
다. 허구가 될지도 모르는 미래의 모습을 위해 늘 현재
원하고 할 수 있는 것들을 지연시키고 희생시키는 체제
의 유한성을 떠나는 하나의 방식이기도 하다.

3. '나는 132번째다(#Yosoy132)'–무한 반복되는 재서술

모든 사람들은 그들의 신념과 행위, 궁극적으로는 그들의 인생을 설명하기 위한 각자의 어휘를 가지고 있다. 그 어휘들은 가족에 대한 사랑, 연인에 대한 그리움, 싫어하는 사람들에 대한 욕설, 자신의 정체성에 대한 회의, 장래의 희망 사항 등 인생의 다양한 통과의례 들에 걸쳐 있는 어휘들이다. 그것들은 우리가 희망과 기대, 때로는 불안한 감정을 가지고 앞을 내다보면서 혹은 그리움과 후회의 감정으로 지금껏 살아온 자신의 궤적을 뒤돌아보며 우리의 삶에 대해 서술해주는 어휘들이다. 우리의 삶을 각자의 어휘로 서술하고 그것을 공유하는 한에서만, 그 삶은 참이나 거짓이 된다. 삶이나 세계 자체는 도덕적이지도 비도덕적이지도 않다. 우리가 세계에 대응하는 합당한 방식을 찾기 위해서는 반드시 각자의 "의지나 느낌"이 살아 있는 어휘로 세계에 대해 언어적 서술을 해야만 하고 이것을 다른 사람들과 공유해야 한다. 이렇게 했을 때 우리는 세계를 도덕적 혹은 비도덕적으로 만들 수 있고 이것이 바로 "찬성할 수도 반대할 수도 있지만 침묵해서는 안 되는"(「깊은 일」) 이유가 되는 것이다. 그러나 중요한 점은 "혁명 곁으로 가는 길"이 그렇듯 여기에는 어떤 객관적·주관적 규준이 없다는 것이다. 그것은 전적으로 자율적이고 그렇기에 우연성을 담고 있다.

이렇듯 서로 다른 입장에서 서로에 대해 자율적으로 서술하는 행위는 그들 중 누구도 특권적인 입지에 서 있지 못하다는 사실을 명료화한다. 다발적이고 동시적인 네트워크를 활용해 누군가에 대한 서술에 대한 재서술 그리고 인용과 재인용은 그 자신이나 혹은 다른 사람들을 특권적으로 서술할 수 있는 관점이 존재한다는 생각 자체를 버리도록 하고 이는 "혁명 곁으로 가는" 일이 된다. 이러한 방식과 태도는 "사업목적 계약직 3년 무기계약직 5년 정규직 2년 꼬박 10년을 발등을 밟히며 얼굴이 뭉개지며 신들린 무녀처럼 정신없이 작두를 타듯 전철을 타던 그녀", "누군가 끌고 다닌 그림자의 그림자만큼도 주장해 본 적이 없는 그녀"(「무능력의 무능력」), "세상천지 어디 한 곳 압력을 행사할 데가 없는"(「독거」) 사람들, 그리고 "사느냐 죽느냐가 아니라 죽느냐 개 같이 죽느냐의 문제"(「서푼짜리 오페라를 위한 시놉시스」)에 처한 이들이 권위나 권력의 힘을 빌리지 않고서도 발언자나 서술자의 위치에 설 수 있도록 하는 기제가 된다. 누구나가 정보생산자, 리믹스하는 사람, 리트윗하는 사람이 되면서 그들은 현상의 우연성을 즐기면서 권위를 내세우지 않으면서도 권위를 극복하고 권력자의 야망을 통하지 않고서도 권력을 뛰어넘는다.

2000년대 한국 사회는 분명, "더 이상 커지지도 작아지지도 않는 흐르지도 멈추지도 않는 이상한 시간에 관한 이야기 그런 건 사랑이 아니라는 이야기 미래라는 게 도대체 없는 이야기"(「취객」)만이 흘러넘치는 '문제없는 문제적 세계'이다. "미래라는 게 도대체 없는 이야기"로 가득한 세계에서 안현미는 현상과 실재, 시간과 영원성, 언어와 비언어적인 것 사이의 간격을 무리하게 메우고 통합하려고 시도하지 않는다. "죽었는데 자꾸 출근하는 나"(「전신거울」)와 "정규직의 세계에서 지워진 나"(「무능력의 무능력」)는 거시적인 전망과 허상이 될지도 모르는 미래를 쫓지 않는 시적 태도를 견지한다. 그러나 그럼에도 그녀들은 무기력하지 않고 활력이 넘친다. "더 가난하고 더 무능력해지더라도" 일주일의 7일을 "일곱 개로 얼린 마음을 해동하기로"(「무능력의 무능력」) 결심한다. 세상에 발견해야 할 숨겨진 진리 따위는 없다는 것을, 어쩌면 슬픔과 그리움, 미움이 "다 호르몬이 시키는 일"이라는 것을, "국숫집에 와보니" 그동안 마음이 추웠던 이유는 "따뜻한 국수가 고팠"(「갱년기」)을 뿐임을 알게 되었기 때문이다. 그리고 그 "따뜻한 국수" 한 그릇이 혁명은 불가능하지만 혁명 곁으로 가는 일은 가능한 시대를 버티는 힘이자 진리 자체가 될 수 있다.

그래서 안현미는 미래 대신 과거로 간다. 어쩌면, 이미 서술된 과거에 대한 재서술이 진리를 만들어내는 창조적 행위가 될 수 있다는 것을 자각했기 때문이다. 그녀는 스스로가 "나는 내가 자꾸 누군가 끌고 다닌 그림자이거나 나머지이거나 그 모든 것의 얼룩이거나 흔적 같았다"고 느낀다.

> 나는 솥의 그림자로 마차의 그림자를 청소하는 마부의 그림자를 보았다
>   -도스토옙스키 『카라마조프가의 형제들』 중에서

우리는 어떤 터널을 지나가고 있는가 그 터널을 뚫은
건 식민지시대의 사람들이라고 했다 언젠가 너는 타임
머신을 탈 수 있다면 어느 시대로 가고 싶은지 물었다
나는 아무 곳도 가고 싶은 곳이 없었으나 기대에 찬 너
를 실망시키고 싶지 않아 도스토옙스키가 카라마조프
가의 형제들을 쓰고 있는 시대로 가고 싶다고 했다 그
런데 그게 몇 세기인지는 모르겠다고 말했다 부언하자
면 나는 내가 자꾸 누군가 끌고 다닌 그림자이거나 나
머지이거나 그 모든 것의 얼룩이거나 흔적 같았다 식민
지시대의 사람이 된다는 건 어떤 느낌일까? 언젠가 너
는 타임머신을 탈 수 있다면 어느 시대로 가고 싶은지
물었다 나는 정과 망치로 절망의 터널을 뚫는 사람들이
있는 시대로 가고 싶다고 했다 말의 그림자로 터널의
그림자를 뚫는 마래의 그림자를 보러가자고 했다

-「마래 터널」 전문

도스토옙스키가 『카라마조프가의 형제들』에서 서술
한 "나는 솔의 그림자로 마차의 그림자를 청소하는 마
부의 그림자를 보았다"는 지옥을 보았다는 뜻이다. 안

현미는 시 「마래 터널」에서 『카라마조프가의 형제들』의 이 문장과 여수 마래 터널을 엮어서 재서술한다. 그리고 이러한 재서술로 1880년이라는 러시아와 1920년대 일제 식민지 조선이라는 시공간은 '지옥'이라는 뜻을 지닌 어휘로써 새로운 그물망으로 짜여진다. "정과 망치로 절망의 터널을 뚫는 사람들"이 있는, 참혹한 민중의 고통의 현장을 과거에 대한 재서술만으로 기존의 진부하고 낡은 언어인 '지옥'이라는 단어를 넘어선다. 이는 시적으로 구체적이고 감각적인 새로운 어휘를 창출하게 되는 효과뿐 아니라 타자의 고통과 굴욕에 대한 민감도를 높이며 진정한 연대를 가능하게 한다. 그리고 반복되는 재서술로 시간이 갈수록 날마다 길어지는 그물망은 "시간 약국 골목을 순례하며 수면제를 모으러 다니던 시간"을 버티던 "시간 양"과(「변신」), "고아는 아니었지만 고아 같았던" "지금 마흔아홉 개의 겨울을 오리고 있는 그"(「안녕, 곰」)가 자기 자신이 스스로 자아를 엮어가는 각자의 어휘들이자 흔적들이기도 하다.

안현미에
대해

POET

안현미의 시는 삶의 모든 경험과 감각을 '시(쓰기)'의 문제로 수렴해 사유한다는 점에서 '시에 관한 시'이지만, '시시한 시(인)/미친 시인/짜가투스트라 시인'의 출생과 배후를 세밀히 기록한다는 점에서 우리 시대의 시와 시인의 운명에 관한 시이기도 하다. 안현미 시의 궁극적인 목적은 이 운명을 끊임없이 조정하고 재구성하고 수리하는 것에 있다. 그녀는 시와 삶의 운명을 동일선상에 놓는다. '시에 관한 시'로서 안현미의 시는 '삶을 쓰는 시'와 분리될 수 없는 자리에 위치한다. 안현미의 시에 찐득하게 눌러붙어 있는 생활의 감각, 현실의 세부를 압착한 녹진한 삶의 감각들은 동세대 시인들의 시에서는 발견하기 어려운 것들이다.

김수이, 「'밤 속의 밤'과 '100년 동안의 암전' 이후의 시:안현미론」, 문학동네, 2014

K-포엣
깊은 일

2020년 3월 30일 초판 1쇄 발행

지은이 안현미 | 펴낸이 김재범
기획위원 이영광, 안현미, 김 근
편집 강민영 김지연 | 관리 홍희표 박수연 | 디자인 나루기획
인쇄·제책 굿에그커뮤니케이션 | 종이 한솔PNS
펴낸곳 (주)아시아 | 출판등록 2006년 1월 27일 제406-2006-000004호
주소 경기도 파주시 회동길 445(서울 사무소: 서울특별시 동작구 서달로 161-1 3층)
전화 02.821.5055 | 팩스 02.821.5057 | 홈페이지 www.bookasia.org
ISBN 979-11-5662-317-5 (set) | 979-11-5662-448-6 (04810)
값은 뒤표지에 있습니다.

바이링궐 에디션 한국 대표 소설 목록